Rucksack voller Gedanken

Thomas Ries

Rucksack voller Gedanken

Schön , wenn man immer was zum spielen
dabei hat .

Spiel seiner Gedanken

Bibliografische Information der Deutschen Nationalbibliothek:
Die Deutsche Nationalbibliothek verzeichnet diese Publikation in der
Deutschen
Nationalbibliografie; detaillierte bibliografische Daten sind im Internet
über http://dnb.d-nb.de abrufbar

© 2011

Herstellung und Verlag: Books on Demand GmbH, Norderstedt

ISBN: 9783842332317

Wieder einmal sitze ich hier , hier vor meinem PC und überlege . Überlege ob ich diesen Schritt wirklich gehen soll .
Ich schreibe schon lange . Doch eigentlich nur für mich , für mich und einen kleinen Kreis von Auserwählten . Bin ich bereit diesen Kreis zu durchbrechen , bereit diesen einen Schritt zu gehen ?
Nun meine lieben Leserinnen und Leser wenn sie dieses Buch in Händen halten , war ich es wohl . Dann hab ich all meine Bedenken über Bord geschmissen , sie zur Seite gelegt oder auch einfach nur ignoriert .

Wer bin ich denn überhaupt - ?

Geboren wurde ich am 21.03.1968 in dem schönen Städtchen Worms . Meine Eltern gaben mir den wohlklingenden Namen Thomas , so war der Name Thomas Ries perfekt . Grins …
Nach meiner Schulzeit , welche mit der mittleren Reife endete , begann ich eine Ausbildung zum Chemikanten .Diese schloß ich 1988 erfolgreich ab . Seit dem arbeite ich auch auf diesem Beruf . Erst in Lampertheim um Jahrzehnte später nach Ludwigshafen zu wechseln .
Schreiben ist mehr oder weniger ein kleines Hobby von mir , welches ich in der Schule enddeckte . Dort nahm alles seinen Lauf und findet hier seinen kleinen Höhepunkt .
Tauchen sie nun mit mir ein , ein in den Ruckasck voller Gedanken . Ich wünsche ihnen dabei viel Spaß

Thomas Ries

27.01.2011

Teil I

Oder wie das Schreiben schreiben lernte - ....
Eigentlich sollte ich hier der Schule und meinen
Lehrern danken . Wäre ihr Unterricht nicht soooo
interessant gewesen , hätte mich diese Ader der
Beschäftigung wohl nie überfallen . Doch was will
man tun , wenn man in der Schule sitzt und einem
alles so sinnvoll vorkommt was der Lehrer oder die
Lehrerin vorne erzählt - gähn . Ich glaub an dieses
Gefühl kann sich fast jeder noch erinnern , oder
erlebt es gerade selbst .
Da ich nicht unangenehm auffallen wollt , was ich
dann ja doch ab und an tat , überließ ich meine
Gedanken dem Papier und dem Kugelschreiber in
meiner Hand .
Teile davon halten sie nun in Ihren Händen . Der
erste Teil entstand überwiegend in meiner Schule .
Wobei ich hier die Berufsbildende Schule mit zähle .
Später nach der Lehre beginnt dann Teil II .

Erstmal wünsch ich Ihnen jetzt viel spass mit Teil I ,
wie das Schreiben schreiben lernte .

Hallo sie da , ja genau sie . Haben sie heute schon mal reingeschaut oder gar etwas daraus zum Vorschein gebracht und sich damit beschäftigt?
Oder hat er sie gar einfach so überfallen , ohne Vorwarnung sich bei der kleinsten Gelegenheit auf sie gestürzt ?
Oder kam er langsam auf ganz leisen Sohlen angeschlichen und hat Stück für Stück Besitz von ihnen genommen ?
Ja ja so ein Gedanke kann schon listig sein . Haben sie sich schon mal gefragt woher oder wohin all diese Gedanken kommen oder gehen ? Also meine , die wandern all in einen Rucksack . Rucksack , den ich fast immer dabei habe . Wo ich jederzeit reinschauen - greifen kann . Schon praktisch so ein Rucksack , den kann man überall mit hinnehmen .
Wie sehe das denn aus , wenn ich den ganzen Tag eine Schublade mit mir rum schleppen würde - ?
Nein nein , da bleib ich doch lieber bei meinem Rucksack .

Rucksack voller Gedanken ...

Die See der Gedanken

Stille
Der Stein fällt
Wellen breiten sich aus
Wellen die größer werden

Stille der Groschen fällt
Gedanken weiten sich aus
Gedanken die spürbar werden

Stille
Endlose See
Wellen verlieren sich im weiten Nichts
Stille
Ein Schrei
Gedanken werden ein Chaos
Kälte
Die See bekommt eine neue Haut

Kälte
Sie breitet sich aus
Zuerst in Deinem Kopf
Dann - ... überall

Denn niemand ordnet Deine Gedanken
Gedanken die spürbar wurden

Jetzt spürst Du nichts
Nichts als das Ausbreiten der Kälte
Die Dich gefühllos läßt

Schon erschreckend wie eine Kleinigkeit jemanden zusammen fahren lässt .Kennen sie das , sie sitzen Gedanken verloren in ihrem Sessel am Fenster und es ruft sie jemand ? Sowas kann manchmal sogar tödlich sein . Bis jetzt hab ich es immer wieder überlebt . Selbst in der Schule , wo mir noch die Kreide entgegen geflogen kam . Immer diese Tagträume - ... Schule - hier nahm alles seinen Lauf . Manch Unterrichtsstunde nahm ich nur halber wahr , weil ich eigentlich gar nicht da war . Doch ich , mein Körper war schon hier . Aber meine Gedanken , meine Seele war oftmals weit weit weg . Manchmal , manchmal stellte ich mir vor die Welt von oben zu sehen .Zu fliegen wie ein Adler . Ein anderes Mal erschrak ich über all die Düsternis , welche in mir Herschte . Noch heute sind es immer wieder neue Welten , die sich mir auftun . Noch heute begeistert es mich immer wieder , was mein Rucksack so alles für mich bereit hält . Mit was er mich alles spielen läßt . Ja , es ist wie ein Spiel für mich . Den Rucksack ein kleinwenig öffnen .Gerade so , dass ich die Gedanken erahnen , daß ich sie greifen kann . Rausholen , drehen und wieder zurück legen . Nur nicht zu lange mit einem beschäftigen . Sich nur nicht mitreissen lassen von seinem Strom . Denn wer kann schon vorher sagen wo er endet ...Versuchen sie es mal . Öffnen sie nur einen Spalt ihren Rucksack oder ihre Schublade oder das , worin auch immer sie ihre Gedanken aufbewahren . Öffnen sie es , greifen sie den ersten Gedanken . Schauen sie ihn sich an , drehen sie ihn , erforschen sie ihn wie ein kleines Kind . Doch wenn sie merken er nimmt Besitz von ihnen , legen sie ihn dahin zurück , woher sie ihngeholt haben und greifen sie sich einen neuen . Mal schauen ob das ihnen gelingt .

Viel spass dabei und schöne Träume ...

Ausflüge

Ich träumte zu fliegen
Fliegen über den Hof
Immer höher
Immer lauter wurde es
- mein Schreien

Unten Stand ich
Ich
- ganz klein
Immer kleiner
Immer schneller wurde er
- mein Flügelschlag

Oben war ich
Ich
- ein Adler

Dies träumte ich
Ich
- damals ein kleiner Junge

Die Tiefe

Zeit sich selbst zu verlieren

Doch wer wird mich finden

In meiner eigenen Tiefe

In der Tiefe meiner Gedanken

Gedanken - welche mich isolieren

- und doch verbinden

Nur der kann mich finden

Der mich kennt

Mich und meine Tiefe

Schweigen

Schweigen
Selbst der Wind zeigt Ehrfurcht
Ehrfurcht vor der Stille
Kein Laut ist zu vernehmen
Nicht das Geringste
Die Zeit scheint still zu stehen

Schweigen
Selbst Tiere halten den Atem an
Atem - der sie am Leben hält
Keine Bewegung ist zu vernehmen
Nicht die geringste
Die Luft scheint gefroren zu sein

Schweigen
Grauer Himmel das Unheil naht
Unheil welche das Ende verkündet
Blitze durchbrechen die Wolkenbarriere
Wolken - die uns schützend umhüllten
Dem Blitz folgt Donner
Durchbrochen das Schweigen

Schweigen
Vorreiter des Unheils
Zeit steht Still
Luft gefroren
Schweigen
Endlose Stille

Stille für den letzten Tag

Puzzle

Gdanken ziehen durch Deinen Kopf
Du willst sie halten
Doch sie ziehen weiter

Bruchstücke fügst du zusammen
Bruchstücke wie ein Puzzle
Ein Puzzle aus 1000 Teilen und eins fehlt

Nie wirst Du es - sie zusammen fügen können
Doch Du malst es Dir aus mit neuen Teilen
                                    - neuen Gedanken
Diese sind wiederum unvollständig

Nur so ist es möglich
Daß sich bei einem Menschen
Menschen wie Dir
So eine lebhafte

Lebhafte Phantasie entwickelt hat

Ein Bild

Stille
Gedanken werden formbar
Stück für Stück entsteht ein Bild

Lärm
Gedanken nicht formbar

Chaos
Stück für Bild entsteht ein Stück
Chaos
Wirr sind die Gedanken

Das Bild ist zerstört

Doch nur Du weist es
Du
Der Du in der Stille malst

Stille
Gedanken werden formbar
Stück für Stück ein Bild

Ein Bild das Du selbst malst
Malst mit Deinen Gedanken

Immer wieder ziehe ich mich zurück . Zurück in mein Reich der Gedanken . Dann laß ich mich gleiten , tiefer immer tiefer . Komme jedoch nie unten am Boden an . Irgendwie schaffe ich es immer wieder diesen Fall zu stoppen und mich hoch zu arbeiten , hinauf ans Licht .

Öfters Frage ich mich woher all diese Gedanken kommen , diese Sehnsüchte nach der Dunkelheit und dem Tod . Gerade bei den Vorbereitungen zu diesem Buch ist mir wieder aufgefallen daß es doch überwiegend weniger erfreuliche Gedanken sind , welche ich geschrieben habe .

Warum nur ? Möchte ich das überhaupt wissen ? Wissen , weshalb das alles über mich kommt ? Oder ist es nicht besser , es einfach als einen Teil von sich selbst zu akzeptieren ? Ich habe es für mich akzeptiert , daß mich hin und wieder diese Gedanken überfallen . Sie kommen auf ein Spiel vorbei um dann weiter ihres Weges zu ziehen . Sie begleiten mich , um an der nächsten Kreuzung wieder abzubiegen . Ich genieße ihre Gesellschaft . Bin aber manchmal auch froh , wenn sie dann wieder ihre eigenen Wege gehen .

Ein steter Begleiter auf meinem Wege ist Gevatter Tod . Kann es gar nicht zählen wie oft sich unsere Wege schon kreuzten . Wie oft ich ihm schon meine Gedanken geschenkt habe . Wer weiß wie oft ich sie ihm noch schenken werde . Der Tod -. Gehen sie nun mit uns zusammen einen kurzen Weg unserer Gedanken . Kommen sie mit , aber bitte gehen sie den Weg nicht zu Ende .

 Es sind nur Gedanken und keine Anleitungen für irgendwelche Selbstversuche -

Der Tod

Auf leisen Sohlen kommt er an

Wer
Der Tod

Er will uns holen
Er will uns befreien
Von was befreien
- vom gefangenen Leben

Er schenkt uns die Freiheit

Du hast zwar Angst
Angst vor dem Tod

Hast Du aber auch nicht Angst
Angst vor dem Leben

Beantworte mir diese Frage
Du wirst mir bestätigen dass ich recht habe

Sonnenuntergang

Siehst Du sie hinterm Hügel
Die rote Sonne hinterm Hügel
Sie verkündet es
Das Ende eines alten Tages

Siehst Du es in Deiner Hand
Das blinkende Messer in Deiner Hand
Es verkündet es
Das Ende eines kurzen Lebens

Du glaubst es kehrt wieder
Wie die Sonne wieder kehrt

Doch das Leben hat keine Umlaufbahn
Wie die Sonne eine hat

Dein Leben ist nur ein Tag
Ein Tag ohne wiederkehr

Das Lebenselexier

Welche Gedanken verspürst Du
Wenn Du das Messer siehst
Ist es eine Befreiung
Wenn Du sie siehst
Sie die Rasiermesserklinge
Langsam nähert sie sich dem Arm

Warum immer der Arm
Wieso nicht ein Bein oder den Hals
Während diesen Gedanken spürst Du es
Den Druck auf Deinem Arm

Ein neuer Gedanke drängt sich auf
Der Gedanke schon wieder einen Fehler
Fehler wie all die vorherigen zu begehen
Schon immer warst Du eine Niete
Doch damit ist Schluß

Rotes Lebenselexier pulsiert
Pulsiert zwischen Deinen Fingern hindurch
Du kannst es nicht aufhalten

Zum Schreien zu schwach
Dein Wille zum Leben ist wieder erwacht

Doch zu spät
Dies war er

Er
Dein größter Fehler

Der Strick

Hängt es auch bei Dir am seidenen Faden
Was
Das Leben

Mein Leben windet sich zum Strick
Strick der vom Gebälk herunter hängt
Er lächelt mir zu
Er ruft mich

Häng ich mein Leben daran
Überlass ich es ihm

Ihm
Dem Strick die Entscheidung

Vom Wind getrieben baumelt er
Er im Wind hin und her
Er strahlt vor Freude
Erfüllt von Leben
Bald einem Leben mehr

Die Versuchung ist groß
Die Versuchung sich ihm hinzugeben

Wie erfüllt vom Leben er doch scheint
Leben dem ich micht widmen möchte
Leben das ich beneide
Der Strick wie er doch wirkt

So voller Leben

Danach

Der Tod
GlaubstDu an Ihn

Er kommt unverhofft
Nimmt wen er kriegen kann
Doch was ist nach ihm

Gott
Glaubst Du an ihn

Er nimmt Dich auf
Nimmt wer bereut
Doch was ist nach ihm

Wir glauben an Gott

An was glaubt Gott ?

Leben nach dem Tod

Gelassen seh ich ihm entgegen
Ihm - dem Tod

Was kann er mir schon nehmen
Er - der so vielseitig scheint

Das Leben - meinen Pulsschlag
Pulsschlag - regelmäßig wie der laufder Sonne
Immer wieder kehrend
Bis zum Ende

Das Leben - meinen Atem
Atem - hauch der Leben erhält
Immer wieder aufgenommen
Bis zum Schluß

Gelassen seh ich ihm entgegen
Ihm - dem Tod

Was ist das Leben unter Lebenden
Gegen das Leben unter Toten

Denn gibt es nicht Leben -
Das Leben nach dem Tode

Hallo liebe Leser , schön daß sie noch da sind und nicht mit Gevatter Tod auf Reisen gegangen sind . Wer weiß wo sie da noch gelandet wären . Doch , es beruhigt mich sie wieder zu sehen , da brauch ich kein schlechtes Gewissen zu haben . Nach so vielen Gedanken über die andere Seite des Stromes , sollten wir uns wieder der unsrigen zuwenden . Unsere oder besser gesagt , wende ich meine Gedanken wieder dem Leben zu .

Wissen sie noch was sie früher getan haben ? Oder Wissen sie was die Jugend von heute so treibt ? Naja wenn man einen von denen mal zufällig sehen sollte , dann hängt er an der Flasche oder am PC - . Ok , bestimmt gibt es auch ausnahmen . Ganz bestimmt ...

Also ich weiss was bei mir früher lange Zeit auf der Weggehliste ziemlich weit oben stand : Rollschuhbahn - ! Dort zog es mich und meine Freunde fast jedes Wochenende hin . Wir haben die Discorollers angezogen und ab auf die Bahn . Zur aktuellen Musik zogen wir dann unsere Kreisen .Für viele war es der Ort der ersten Liebe , den ersten Kuß und den ersten Herzschmerz . Für viele -

Für alle war es der Ort an dem man sich frei fühlte . Frei und unbefangen .

Der Sound der 80er , Discokugeln an der Decke Lockenkopf und Cowboy Stiefeln an . Man wie peinlich mir das heute vorkommt , ich darf eigentlich gar nicht dran denken - .... grins . Doch war es wie man heute so schön sagen würde eine Geile Zeit .

Das war es wirklich : Eine Geile Zeit ....

Rollerfrei

Buntes Licht hüllt Dich ein
Discosound macht Dich an
Holzparkett lädt Dich ein
Du schnallst Dir Rollschuhe an

Deine Bahnen werden im größer
Der Rhytmus immer schneller
Deine Sprünge immer höher
Die Bewegungen immer greller

Dann wachsen Dir Flügeln
Dann bist Du frei
Jetzt zeigst Du Gefühle
Du wirkst wie high

So kenn ich Dich nicht
Hast Du all Deine Sinne verloren
So kenn ich Dich nicht
Du bist wie neu geboren

Dann wachsen Dir Flügeln
Dann bist Du frei
Jetzt zeigst Du Gefühle
Du wirkst wie high

So ist es jedes Wochenende
Es ist wie eine Sucht
Du bist lang nicht am Ende
Hier findest Du was Du suchst

Dann wachsen Dir Flügeln
Dann bist Du frei
Jetzt zeigst Du Gefühle
Wirkst wie high

Schicksal

Das Schicksal kommt und geht
Niemand kann es berechnen

Egal wie ihr fleht
Man kann es nicht errechnen

Mal läßt es Dich jahrelang in Ruhe
Mal läßt es Dir gar keine Ruhe

Du fragst Dich
Wieso nicht dann als es nötig war
... - so ist das Schicksal

Mal Gut
Mal Böse

Das Schiff

Du erinnerst Dich an eine vergangene Zeit
Gern würdest Du sie nochmal erleben
Doch es ist vorbei

Vorbei wie das Schiff hinterm Horizont

Gesichter

Du schaust in den Spiegel
Was siehst du
Du siehst ein Gesicht
Dein Gesicht
Es gefällt Dir nicht
Du möchtest ein neues

Du schließt die Augen
es entsteht ein neues Gesicht
Du wirst ein neuer Mensch
Ein Mensch den keiner versteht
Der immer auf der Flucht ist
Auf der Flucht vor Problemen

Ich verstehe Dich
Ich verurteile Dich
Dein wahres Gesicht zu zeigen
Stell Dich den Problemen
Zeig Verständnis für mich
Für mich und mein Urteil

Denn ich Liebe Dein wahres Gesicht

Dein Spiegelbild lass deshalb zuhaus
Zuhause im Spiegel

Maske

Tränen rollen über Deine Wangen
Tränen die keiner sieht

Ein lächeln huscht über Dein Gesicht
Ein lächeln das jeder glaubt zu sehen

Doch dieses Lächeln eine Maske
Maske welche keiner sieht

Ich sehe Deine Träne
Ich - ein Niemand

Die Maske verliert ihren Sinn
Den Sinn Dich zu vereinsamen

Ein Niemand ist es der Dich weckt
Niemand der Dich liebt und doch
Doch sein Herz für Dich opfert

Denn er braucht Dich
Dich und Deine Träne

Acht Monate

Acht Monate sind es nun schon her
Damals waren die Zeiten schwer
Doch wer denkt heute noch daran
Du und ich Dein lieber Mann

Noch nie hielt es bei mir so lange
Mir ist es auch schon ganz bange
Bange vor der kommenden Zeit
Doch ich bin zu allem bereit

Nur eins das schwöre ich Dir
Du bleibst ewig bei mir

Haben wir mal einen Streit
Den treten wir nicht breit
Den diskutieren wir aus
Dann herscht wieder Frieden hier im Haus

Eifersüchtig bist Du gerne
Ich will es bei Dir lernen
Hergeben möcht ich Dich nie
Dazu hab ich Dich zu lieb

Andere Mädels noch so fein
Können Dir nicht gefährlich sein
Acht Monate sind nun vergangen
Jetzt kann es dauern ewig lange

Wir
Du und ich
Laufen Hand in Hand
Bauen Burgen aus Sand
Du und ich
Ein verschworenes Paar
Es hält Jahr um Jahr
Du und ich
Ich Liebe Dich
Ich brauche Dich
Was wäre die Welt für mich
Ohne Dich
Ich brauche Dich
Ich Liebe Dich
Du und ich
Ich weiß es ganz genau
Bald haben wir unseren eigenen Bau
Du und ich
Träumen von Ferien am Strand
Ganz allein im weiten Land
Du und ich
Ich Liebe Dich
Ich brauche Dich
Was wäre die Welt für mich
Ohne Dich
Du und ich
Sind zu allem bereit
Besiegen jeden Streit
Du und ich
Es liegt auf der Hand
Ein einziges Liebespfand
Du und ich
Ich Liebe Dich
Ich brauche Dich
Was wäre die Welt für mich

Ohne Dich
Du und ich

Was ist Liebe

Wir motzen uns nur noch an
Ist das Liebe
Wir tun uns nur noch weh
Ist das Liebe
Keiner versteht den anderen
Wir reden aneinander vorbei
Ist das Liebe

Wo sind die schönen Stunden
          die klasse Ideen
Wo ist das das uns verbindet

Tief in unserem Herzen

Ich weiß es
Genügt es
Es zu wissen

Ich möcht es spüren - fühlen
Fühlen daß Du mich liebst

Laß uns einander schenken
Schöne Stunden möcht ich Dir schenken
Zeig mir daß Du Dich freust
Schenk auch Du mir freude
Denn ich Liebe Dich

Und Liebe ist
Einander Freude zu bereiten
Wieso verstehen wir das nicht

Sorgen

Schwere Sorgen lasten auf Deiner Seele
Doch es ist niemand da

Niemand dem Du Deine Sorgen anvertrauen kannst
Niemand hört Dir zu
Niemand ist bereit Dir zu helfen
Niemand hört Deinen Hilfeschrei
Niemand ist es der Dich wach rütteld

Schwere Sorgen belasten Deinen Freund
Doch Du bemerkst es nicht

Verzweifelt greift er nach Deiner rettenden Hand
Doch Du ziehst sie zurück und erkennst nicht
Erkennst nicht die Sorge in seinem Gesicht
                           - seinem Blick

Ihr beide habt nur eines gemeinsam
Eines das Euch zusammenält
Es ist die Sorge

Sorge die ihr beide nicht erkennt

Tautropfen

Tränen
Tautropfen des Schmerzes

Tränen
Tautropfen der Gefühle

Wie oft rollt Dir eine Träne
Träne der Freude
      der Wahrheit

Tränen
Tautropfen des Abschieds

Lachen
Sonne der Freude

Lachen
Sonne des Glücks

Wie oft erschallt Dein Lachen
Lachen der Späße
      des Vergnügens

Lachen
Sonne des wiedersehens

1000 Tautropfen glitzern in der Morgensonne
Tautropfen ohne Chancen
Tautropfen welche kleiner werden

Die Sonne wird diesen Tag beherschen

Die Schatten

Ganz tief in Deinem Herzen
schlummern Gefühle

Gefühle welche mir vertraut sind
Nur selten bringst Du sie mir entgegen
Doch ich spüre sie
Spür ihr vorhanden sein

Doch irgendetwas wirft seine Schatten
Schatten welche alles verbergen
Verbergen alles wie die Nacht

Wie bei Nacht
So meide ich bei Dir die Schatten
Suche das Licht

Das Licht Deiner schlummernden Gefühlen

Ja es war eine wundervolle Zeit . Doch wie das nun mal so ist , neigt sich alles irgendwann und irgendwie dem Ende zu . Man merkt , daß sich etwas ändert , kann es aber nicht greifen . Es ist nur so ein Gefühl . Leider trügt dieses Gefühl nur selten .
Trauer Schmerz Wut werden ein steter Begleiter von diesem Abschnitt sein .
Fragen zermürben einen . Fragen nach dem wieso und warum .Vergeblich sucht man nach einer Antwort . Man kann oder möchte sie nicht sehen . Viel zu sehr lastet die Last der Welt auf seinen Schultern , ich ach so armer Mensch .
Verlassen verraten und verkauft . Böse böse Welt .

Sie ahnen es schon - es beginnt wieder ein weniger erfreulicher Teil in diesem Buch . Der Zweifel die Suche beginnt .
Der Zweifel an einem selbst , an seinen Freunden , einfach an allem .
Die Suche nach der Frage warum wieso weshalb . Am Ende steht der Wandel .
Denn jeder Neubeginn ist ein Wandel .

Wandel , nur weiß man meist nicht ob es ein Wandel zum guten oder schlechten ist . Denn meist liegt alles in einem dichten Nebel verborgen .
Nebel der den Pfad des Lebens in einen grauen Schleier hüllt .

Lassen sie uns diesen Grauschleier etwas lüften . Bringen wir etwas Licht in diese doch so dunkle Gefühlswelt - ...

Wut

Wut im Bauch
Gedanken werden Rauch
Du siehst nur noch eins
Die Wut im Bauch

Er saß ihr gegenüber
Sie lächelte ihn an
Es war mit ihr hinüber
Er lächelte sie an

Ich war stummer Zeuge
Musste alles ertragen
Sie konnte es nicht leugnen
Musste es wagen

Wut im Bauch
Gedanken werden Rauch
Du siehst nur noch eins
Die Wut im Bauch

Mir fiel es schwer
Ihr scheinbar leicht
Er ihr neuer Herr
Bei mir Nullpunkt erreicht

Vielleicht wird es mal so enden
Vielleicht seh ich nur Gespenster
Noch bin ich in festen Händen
Frage - kann er das ändern

Wut im Bauch
Gedanken werden Rauch
Du siehst nur noch eins
Die Wut im Bauch

Verlorenes

Verlorene Seele
Weit draussen auf dem Ozean
Verlorenes Ich
Im Spiegelbild Dein Feind

Zu einsam im weiten Meer
Zu mächtig Dein Spiegelbild

Verlorenes Mißtrauen
lang dauert die Freundschaft
Verlorene Selbstkontrolle
Ein Irrgarten Deiner Gefühle

Zu nahe stehen wir uns
Zu groß Dein Irrgarten

Verlorenes Wir
Weit draussen im Spiegelbild
Die freundschaft ein Irrgarten
Zu einsam Dein Spiegelbild
Zu nahe Dein Irrgarten

Verlassen

Fragst Du Dich
Wie es mir geht
Wie ich mich fühle
Weißt Du was ich denke
Einsam verlassen
Am Boden zerstört
Den Sinn zum Leben verloren
Alles in Frage gestellt

Selbst mich
Mich - der sich sicher war
Es sei die richtige
All das zerstört
Zerstört mit einer Tat
Für Dich so einfach
Für mich unfaßbar
Unfaßbar aber wahr

Warum
Immer wieder quält sie mich
Sie die Frage
Warum musste sie das tun
Mich so verletzen

Fragst Du Dich
Was ich denke
Was ich fühle
Fühl ich überhaupt noch was
In mir alles Leer ausgebrannt
Weißt Du wie es mir geht
Was ich denke
Was ich fühl
Es tut so weh

So weh - das allein sein

Freunde

Viele sagen sie sind Dein Freund
Doch wer ist heute wahrer Freund -

Der mit dem Du Tag für Tag zur Arbeit gehst
    mit dem Du Sport treibst
    mit dem Du die Freizeit teilst
Dies können alles Freunde sein

Doch wer ist heute wahrer Freund

Der von dem Du lernst die Schule zu schwänzen
                in der Schule zu rauchen
                spät nach Hause zu kommen
Vielleicht siehst Du sie als Freunde

Doch wahrer Freund ist der
Der Dir sagt lass das Schulschwänzen
                das Rauchen
            komm einmal pünktlich Heim
Das sind Deine Freunde

Denn sie meinen es gut
Auch wenn Du es anfangs nicht einsiehst
Sie reden weiter mit Dir
Sie sind nicht beleidigt

Das sind wahre Freunde

Frage

Was fühlst Du
Niedergeschlagenheit
Was denkst Du
Warum
Was bist Du
Ein Verlierer

Du kannst nichts essen
Möchtest Dich besaufen
Du weisst nicht wohin

Was fühlst Du
Schuldigkeit
Was denkst Du
Wofür

Du kannst nicht schlafen
Möchtest Dich erkennen
Du weisst nicht weshalb

Immer wieder die gleichen Fragen
- die gleichen Erkenntnisse

Doch wofür

Um zu erkennen
Erkennen wie groß der Fehler war
Zu erkennen dass es sich nicht lohnt
Man weiss es schon im vorraus
Doch es passiert

Was bist Du

Depression

Deprimiert in einer Ecke liegend
Starre ich die graue Decke an
Starre sie an in einer Art von Hoffnung
Hoffnung auf Antwort

Deprimiert durch den Tag wandern
Die Wolken grau
Grau wie meine Hoffnung
Hoffnung auf schöne Tage

Deprimiert
Ich ein fröhlicher Mensch
- in einer Ecke liegend
- durch den Tag wandern

Warum

Noch immer warte ich auf Antwort
Antwort auf die Frage - Warum
Die Frage an meiner grauen Decke
Findet sie jemals Antwort

Trauer   Freude
    Schmerz

Im Wandel der Gefühle

Vergißt Du die Zeit

Doch sei nicht traurig

Der Schmerz geht vorbei

Die Freude kommt

Doch mit wem teilst Du ?

Teilst Du Deinen Wandel ...?

Gefühle

Kennst Du es
Das Gefühl jemanden zu verletzen
Jemanden ohne Entschuldigung

Kennst Du es
Das Gefühl danach
Danach wenn er nicht mehr redet
Er schweigt - sagt nicht warum

Kennst Du sie
Seine Gefühle
Eine Traumwelt wie ein Kartenhaus
Einfach so eingestürzt

Doch Du bist bei ihm
Baust ihm ein neues
Ein neues Kartenhaus

Kennst Du es
Das Gefühl sich zu freuen
Doch es geht nicht
Denn zu nahe liegt das Vergangene

Innerer Jubelgesang
Äusserliches Schweigen
Doch wer sieht es

Sieht was ich wirklich fühle

Clown sein

Viele male denk ich daran Frei zu sein

Bin ich es

Viele male möchte ich ein Clown sein

Kann ich es

Viele male träume ich davon

Davon so zu sein wie ich bin

Bin ich es

Ich bin ein Clown

Ich bin frei und doch gebunden

Gebunden an die Rolle

Rolle welche ihr mir auferlegt

Jeder verlangt von mir so zu sein

Sein wie ich nicht bin

Wer oder was bin ich …

Das waren jetzt doch alles recht persönliche Gedanken . Wenden wir uns mal dem grossen zu . Der Menschheit allgemein , der breiten Masse . Geht es ihnen nicht auch ab und an so , dass sie aus irgendeinem Grunde jemanden für Verrückt erklären , einfach so ohne jeglichen Grund ? Wer oder was erlaubt uns zu richten über andere . Wer bestimmt die Grenzen ?

Steht nicht irgendwo geschrieben , dass wir alle Gleich sind ? Ja ja und die , die das schreiben oder sagen sind gleicher - . Wir sind nicht alle gleich , doch sollte man sich das auch irgendwann selber eingestehen . Sich auf den Boden der Tatsachen herablassen .Dabei tut manche Landung weh -aua . Andere wiederum sind weich , wie auf Federn .

Wir sind alle nur Menschen . Jeder von uns trägt seine Gedanken mit sich herum . Der eine in Schubladen , der andere in einem dicken Safe mit tausende von Schlössern daran . So gesichert , dass er selbst kaum dran kommt .

Ich - ich habe meinen Rucksack , aus dem ich nun ein paar meiner Gedanken zu uns Menschen raushole . Vielleicht stimmt der eine oder andere auch sie etwas nachdenklich . Vielleicht fliegen sie aber auch nur einfach so darüber . Das ist die Freiheit die jeder von uns selbst hat .

Freiheit , zu entscheiden was er möchte . Er oder sie selbst - nicht die anderen ...

Wer auf dieser Welt

Wer auf dieser Welt ist normal ?
Du der Du Dich selbst zerstörst
Sie da sie nur das Gute sieht
Er weil er morgen nicht mehr Leben will
Ich weil ich mich all ihrer annehme

Wer auf dieser Welt ist verrückt ?
Du der Du an Gott glaubst
Sie da sie sich für Napoleon hält
Er weil er die Welt besitzen will
Ich weil ich allein sein möchte

Verrückt oder Normal
Wo liegt die Grenze
Für mich gibt es keine Grenze

Nur der
Der von sich behauptet er sei Normal
Der ist verrückt

Dämmerung

Wir wandern durchs Leben
Doch was hat es uns zu bieten

Besteht es nicht aus Kummer und Leid
          Aus Freude und Glück
          Aus Angst

Ich habe Angst
Angst vor dem Morgen

Denn was bringt er -
der nächste Morgen
Bringt er nicht neuen Kummer
          Neues Leid

Welche Freude erwartet Dich -
Wovor fürchtest Du Dich heute -
Wird es morgen vielleicht wirklichkeit

Doch was ist Wirklichkeit -
Träume sind ein Stück Wirklichkeit
so wie die Wirklichkeit Teil eines Traumes ist
Eines Traumes mit bösem Erwachen - ...

Jahreszeiten

Winter
Temperaturen unter 0°C

Wir
Wir wärmen uns am Feuer

Frühling
Wenige Blumenarten blühen im grünen Gras

Wir
Wir treten sie nieder

Sommer
Temperaturen über 30°C

Wir
Wir kühlen uns im kalten Nass

Herbst
Obst und Früchte werden reif

Wir
Wir besprühen sie mit Insektizieden

Warum
Warum kämpfen wir gegen die Natur
Warum nehmen wir nicht das

Das was sie uns gibt …

Nur so tun

Reicht euch die Hände
Zum Zeichen des Friedens
Nur so tun als ob
Gar nicht ernst gemeint
Gaukelt uns was vor
Schöne heile Welt
Doch wer glaubt euch noch

Schenkt euch ein Lächeln
Zum Zeichen des Verstehens
Nur so tun als ob
Dabei redet ihr einander vorbei
Nur merkt ihr es selbst nicht
Diesmal ernst gemeint
Doch ohne Erfolg
Denn wer glaubt euch schon

Euer Leben scheint so schwer
Dabei seid ihr selbst dran Schuld

Bemüht euch um Frieden
Nicht nur so tun als ob
Vergebt einmal einander
Sprecht die gleiche Sprache
Doch nicht die der Gewalt
Sondern die der Liebe
Gaukelt uns nichts vor
Sondern stärkt das rest Vertrauen

Vielleicht klappt es
Vielleicht irgendwann

Sinnfrage

Wir leben um zu sterben
Doch mit welchem Sinn
Wir bauen Waffen um zu töten
Doch mit welchem Sinn
Uns steht es zu Völker zu unterdrücken
Doch mit welchem Sinn
Dies alles für Frieden auf Erden

Wir bestreiten die Folter
Doch mit welchem Sinn
Wir besuchen arme Länder
Doch mit welchem Sinn
Wir bekehren Nichtchristen
Doch mit welchem Sinn
Dies alles für die Gleichheit der Menschen

Doch zeig mir den Frieden
Zeig mir den Ort an dem alle Menschen gleich sind

Wir ziehen Zäune um unsere Gärten
Doch mit welchem Sinn
Wir beobachten einander
Doch mit welchem Sinn
Dies alles für die Liebe zu Deinem Nächsten

Wir legen unsere Arbeit nieder
Doch mit welchem Sinn
Wir sterben für ein neues Leben
Doch mit welchem Sinn

Dies alles um zu lernen
Zu lernen dass alles seinen (Un)Sinn hat

Menschheit

Frei sein
Von all den Gefühlen
- den Ängsten

Befreit
Dem nächsten Morgen
- Jahr entgegen

Werden wir das je können
Wir
Die Menschheit

Kein Verständnis untereinander
Es regiert nur eine Sprache
Die Sprache der Gewalt
Wir verabscheuen sie

Die Gewalt
Doch produzieren wir sie
Die Gewalt
Immer wieder neu

Und doch schließen wir
Die Menschheit immer wieder die Augen

Frei sein
Leben können wie man will

Ein Traum ohne Wirklichkeit

Verborgenes

Wolken ziehen übers Land
Wolken welche die Sonne verbergen
Finsternis breitet sich aus

Kälte wandert durch Deinen Körper
Kälte welche die Gefühle verbirgt

Sowie der Sonne ergeht es unseren Gefühlen

Du erscheinst wie ein Eisblock
Nur selten bricht ein Strahl durch
Nur selten sieht man bei Dir Freude oder Trauer

Denn in Deiner Welt sind Gefühle überflüssig
Ja sie sind etwas schädigendes

Wer Gefühle zeigt ist verletzbar
Doch wer

Wer ist gerne Verletzbar

Rhytmus

Geboren um zu leben

Leben um zu sterben

Sterben um zu ruhen

Ruhen um zu erwachen

Zu erwachen für das nächste Leben

Leben um zu sterben

Sterben um zu ruhen

Zu ruhen von den Qualen des Lebens

Lebst Du oder Ruhst Du

Qual oder Tod

Tod um geboren zu werden

In dieser Welt

Überall in dieser Welt
Gibt es Menschen
Überall in dieser Welt
Gibt es Grenzen
Irgendwo in dieser Welt
Soll es Hoffnung geben
Überall in dieser Welt
Sollen wir davon Leben

Ich versteh es nicht
Wie man von Hoffnung leben kann

Was wir brauchen
Das ist eine offene Welt
Was wir brauchen
Sind Staaten ohne Grenzen

Doch ich weiß
Dies ist unmöglich
Doch ich weiß
Dies wird es nie geben

Überall in dieser Welt
Gibt es Menschen
Überall in dieser Welt
Wollen sie Grenzen
Über all in dieser Welt
Gibt es etwas - etwas das mich stört
Überall in dieser Welt

Von den Menschen ziehen wir dann weiter .
Weiter zu dem unfassbaren , dem höheren . Der
eine glaubt daran , der andere tut es als
Aberglaube ab . Aber alle , alle scheinen zu
ahnen , dass es da was gibt .
Nein ich werde jetzt nicht religiös , das liegt mir
gar nicht . Doch ab und an entführt mich mein
Rucksack auch in diese Gegend der Gedanken .
Beschäftigen sich mit den fremden Dingen dieser
Erde .
Hoffnung , Göttliches und sogar Sagen und
Mythen .
Es erwartet sie jetzt keine Märchen oder so ,
auch wenn ich da irgendwann mal den Versuch
unternahm so etwas auf die Reihe zu bekommen .
Doch irgendwie ist das nicht ganz mein Ding . So
bleib ich bei den kurzen Gedankenfetzen , welche
mir einfach so zufallen .
Zufallen um auf Papier gebannt zu werden . Erst
das Papier eines Hausaufgabenheftes , dann von
einem Notizblock . Der ein oder andere fand dann
auch noch den Weg hierher . Hier in das Büchlein ,
das sie gerade in ihren Händen halten .
Schon wieder ist meine Gedanke weg , weg von
seinem ursprünglichen Pfad .

Pfad den sie nun betreten dürfen …

Göttliches

Regen

Göttliches Nass

Von uns verschmäht

Von anderen ersehnt

Sonne

Göttliches Licht

Von anderen verflucht

Von uns gebucht

Liebe

Göttliches Spiel

Für uns ein schöner Traum

Für andere ein Alptraum

Liebe Sonne Regen

Göttliche Gaben

In Ferne

Enttäuscht
Eine Niederlage
Soviel Hoffnung
Soviel Vertrauen
Vertrauen
Welches Mißbraucht

Enttäuscht
Eine neue Erfahrung
Soviel Sebstbewußtsein
Soviel Freunde
Freunde
Welche falsch spielen
Alles gegen Dich verschworen

Doch irgendwo in weiter Ferne
Ein Lichtblick
Verlier ihn nicht

Halt Dich fest daran
Er kommt näher
Nur langsam
Doch er kommt

Siehst Du ihn
Nein

Du mußt an ihn glauben
Nicht einfach aufgeben
Nur glauben

Weiter an ihn glauben

Atlantis

Verlorene Stadt
Verborgen im Schlamm
Schlamm des Meeres

Keiner kennt ihre wahre Geschichte
- ihr irdisches dasein
Doch jeder glaubt daran
- an ihr dasein
- an ihre Geheimnisse

Folge dem Weg der Sagen und Mythen
Such ihre Geschichte im Wandel der Zeit

Schau über das Meer hinweg in die Sterne
Überall dort lüftet sich ein Geheimnis

Dir bleibt es überlassen
Sie zu sehen
Sie in ihrem glanze

Erkenne ihre Zeichen
Die Zeichen Atlantis

ES

Unbekannt
Schon viele Jahre schlummert Es
Tief in Deinem Innern
Du weist es ist da
Doch Du kannst es nicht fassen

Was ist Es
Es in Deinem Innern
Es hält Dich wach
Quält Dich mit fragen

Fragen
Worauf Du keine Antwort kennst
Nur manchmal im Schlaf siehst Du Es
Es in Deinem Innern

Es ist Böse
Du fühlst Es
Du siehst Es
Es in Deinem Innern

Es will Dich
Dich nicht nur quälen sondern auch besitzen

Es Du weist nicht was Es ist
Es in Deinem Innern

Alles neigt sich irgendwann einmal dem Ende zu .
Auch dieser Teil hier . Das ist leider nunmal so .
Den einen freuts , der andere ist unsagbar
traurig darüber . Doch keine Angst es geht ja
weiter .
Hier im Teil I hab ich noch ein paar kleine Stücke ,
welche ich nicht recht zuordnen wollte oder
konnte . Finde aber , dass auch sie ein recht
haben hier drinnen stehen zu dürfen .
Teil II ist dann ein wenig anderst aufgebaut ,
lassen sie sich überraschen .
Lesen sie noch die paar Gedanken und gönnen
sie sich eine kleine Pause .
Wie wäre es denn mit einem Kaffee oder Tee .
Vielleicht noch ein Stückchen Kuchen ?
Eventuell begleitet sie ja dabei der ein oder
andere Gedanke von mir .

Na dann viel spass mit dem letzten Abschnitt von
Teil I .

Szenen

Am Anfang ein Pfiff
Langsam tastet man sich vor
Auge in Auge
So steht man sich gegenüber
Hast Du eine Chance
Ist er besser wie Du
Sie wandert hin und her
Hier und dort Schreie
- Pfiffe
- Gesänge
Nichts kann Dich mehr irritieren
Rechts - links vorbei
Und
Ein enttäuschtes Aaah geht durch die Menge
Rennend beginnt der Rückzug
Die Arme sind jetzt gefragt
Er kommt
Wieder Auge in Auge
Du hattest Deine Chance
Du vergeben
Er
Bekommt er auch seine
Sie kommt zu ihm
Raus
Ein Pfiff
Er vergeben
Langsam tastet man sich vor

Die zwei Welten

Trübes Licht benebelt Deine Augen
Trübes Bier beneblt Deinen Verstand
So ist es fast jede Woche
Jeden Tag - immer öfters

Häßlich riecht Deine Bierfahne
Häßlich ist die Welt die Du mir zeigst
So verstand ich Dich noch nie
Werde es auch nie

Klares Licht blendet Deine Augen
Klaren Verstand kannst Du mit recht behaupten
So ist es selten -
Doch so schön

Süß riecht Dein Parfüm
Süße Gedanken benebeln Deinen Verstand
Warum ist es so selten
So gut wie nie

Könnt ich Dir nur helfen
Könnt das Selten mehr
Das Oft weniger werden

Glücklich würde ich werden -
Doch werde es wohl nie

Strasse

Verlassene Strasse
Laternen spiegeln sich
Spiegeln sich auf dem nassen Asphalt

Verlassene Strasse
Der Wind geht seinen Weg
Den Weg durch allein stehende Bäume

Verlassene Strasse
So seh ich sie
Ich das Leben

Das einzige Leben dieser Strasse
Ich nehm ihr das Gefühl
Das Gefühl sinnlos zu sein

Durchquer ich sie
So spür ich all ihr hoffen
Hoffnung die auch ich empfinde
Doch welche mich auch traurig stimmt

Verlassene Strasse

Alles auf der Welt

Wenn alle Gedichte schon geschrieben stehen
Hier oder in einer anderen Welt
So möcht ich sie kennen

Wenn alle Lieder schon gesungen werden
So möcht ich sie hören

Es gibt so vieles was ich möchte
- so vieles was ich nicht erreiche
Nicht erreiche weil noch nicht die Zeit ist
Die Zeit der Offenbarung

Denn jedes Lied jedes Gedicht
Alles hat seine Offenbarung
Alles was wir noch nicht kennen

All das liegt in einer Welt
Welt welche nur auserwählte erreichen

Abendstille

Der Tag der neigt sich nun dem Ende
Die Sonne eine schwache Blende
Die Baumgipfeln sie strahlen in purem Gold
Das ist des Tages sold

Die Kinder die gehen ins Schlafgemach
Ihre Eltern sind lange noch wach
Ihre Hunde heulen an den Mond
Die Lage für uns ungewohnt

Schaurige Märchen am Kamin
Gänsehaut zieht sich über den Körper hin
Gedanken an den endenden Tag
Für mich nur wieder eine Plag

Der runde Mond er macht sich auf
Nimmt wie jeden Abend seinen Lauf
Die Erde wird er nun umkreisen
Um auch diese Nacht zu preisen

Teil II

Ich freue mich sie wieder hier begrüßen zu
dürfen . Hoffe sie haben sich etwas erholt und
dabei auch etwas gestärkt für die nächste
Runde . So ein Tee oder Kaffee wirkt manchmal
schon Wunder .
Während ich bei Teil I versuchte das Ganze nach
Themen einzuteilen , versuch ich jetzt beim 2. Teil
die zeitliche Reihenfolge einzuhalten .Das heißt
ich nehm sie mit , zurück in der Zeit .
Genaugenommen ins Jahr 1989 . Von da an
arbeiten wir uns dann bis ins Jahr 1995 vor .
Erleben sie die Auf und Abs wie sie nur das
Leben oder besser gesagt nur meine Gedanken
schreiben kann .
Auch diese fast alle auf der Arbeit oder bei einem
Lehrgang entstanden . Ja ja , jetzt sind sie
bestimmt neidisch auf meinem Arbeitsplatz .
Müssen sie nicht sein , es ist wie überall . Es
gibt Tage an denen es etwas ruhiger ist , dafür
aber auch Tage an denen es richtig stressig sein
kann .Von daher ein Job wie jeder andere ...
Doch nun lassen sie es uns ruhig angehen .
Starten sie mit mir und der Liebe vom
22.06.1989 .

Viel spass

Liebe

Ein Spiel der Gefühle
Der Blutdruck steigt
Das Herz erhöht seinen Takt

    Liebe
Augen fangen an zu glänzen
Gedanken nicht abwenden
Alles nur wegen ihr

    Liebe
Sold unserer Freundschaft
Laß Dich treiben
Treiben in der Schwerelosigkeit
Schweb mit mir im 7. Himmel
Ist es das

    Liebe
Einander verstehen
Einander achten
Miteinander reden
Probleme erkennen

    Liebe
Eifersüchtig sein
Beim kleinsten dreh des Kopfes
- Gespräch mit anderen Mädchen
Ist es das

    Liebe
Gefangen von einem anderen Menschen
Gefangen und doch Frei
Im Wechselbad der Gefühle

    Liebe
Was bist Du

TraRea

Träume - Realisierbar
Wunschdenken nahe der Wahrheit
Morgen Vogel sein
Hinnabstürzen ins kalte Meer
Meer aus Menschen
Gefangen von ihren Träumen

Träume - Realisierbar
Wunschdenken nahe des Wahnsinns
Morgen frei sein
Unabhängig aller Zwänge
Zwänge der Zivilisation
Am Rand eines Traumes

Träume - Realisierbar
Es gibt einen Weg dorthin
Dorthin ins Traumland
Gefangen - in ewiger Phantasie

Schrei

Schreien
Schreien möcht ich
Ich - der nicht mehr weiter weiß

Schreien
Schreien aus Verzweiflung
Verzweiflung die mich erdrückt
Ohnmächtig vor Wut
Gelähmt von all dem Haß

Schreien
Schreien möchte ich
Nach meinem Vater
    - meiner Mutter
Eltern wo seid ihr

Schreien
Schreien möcht ich
Ich - der alleine ist
Keiner würde ihn hören
            - ihn beachten

Wo seid ihr
Ihr - meine Freunde
Wer ist bei mir

Schreien
Schreien möcht ich
Aus Verzweiflung
Aus Angst einfach Schreien

Ja ich möchte Schreien
Ganz laut daß es jeder hört

Doch wer hört es

Gestrandet

Sanftes Rauschen
Ganz weit muß es sein
Möwengesang
Tausende scheinen es zu sein

Ich höre nur - sehe nichts
Wann kommt zurück das Augenlicht
Erinnerungen fortgespült
So sehr in Gedanken ich auch wühl

Es war ein Sturm
- ein Schiff
Vielleicht auch noch ein Riff

Das Denken strengt mich an
Fang ich hier einfach neu an

Sanftes Rauschen
Möwengesang

Die Ohnmacht holt mich wieder ein
Was am Anfang - das am Ende

Sanftes Rauschen
Ganz weit muß es sein

Sehnsucht

Fühlst du sie
Spürbar nah - doch so weit
Deine Sehnsucht

Gedanken in ferner Dimension
Frei - doch Gefangen von ihr
Deiner Sehnsucht

Sehnsucht nach Frieden
Frieden für jedermann
Innerlich - sowie äußerlich

Deine Seele gleicht einer Ruine
Ruine - welche nach Restaurieung strebt

Deine Sehnsucht
Fühlst du sie
Spürbar nah - doch soweit

Sehnsucht nach Liebe
Liebe für jedermann
Denn Liebe deinen Nächsten

Sehnsucht

Gedankenverloren sitz ich hier
Hier am Strand meiner Träume
Träume Sehnsucht meiner Phantasie
Phantasie welche mich zu dir bringt

Sehnsucht die uns verbindet
Unsere Sehnsucht - die Liebe

Man überlegt

Im Menschen verrichten viele Lebewesen ihren Dienst
Lebewesen - welche uns nützen oder schädigen
Diese Lebewesen bestehen meist aus Moleküle
Moleküle zusammengebaut aus viele Atome
Atome welche ihnen nützen oder schaden

Diese Atome bestehen wiederum aus viele Einzelteile
Einzelteile welche noch teilbar sind
Auch der Mensch ein Lebewesen
Lebewesen der Mutter Erde
Mutter Erde - der wir mehr schaden als nützen

Mutter Erde nur ein Teil unseres Sonnensystems
Systems mit strengen Regeln
Diese System winziger Teil eines Universums
Universum genannt Weltall
Ob das alles ist

Worin bewegt sich dieses Weltall
Ist es Gott -
Zerstören wir Gott - durch die Zerstörung der Erde
            - uns selbst

Oder nur ein Teil von ihm

Dieses Gefühl

Gewiß liegt etwas in der Luft
Etwas - welches nur fühlbar ist
Doch gerade dies
Dieses Gefühl läßt uns schaudern
Es besitzt keinen Geruch
       - Keinen Körper
       - Keine Stimme
Nichts
Aber es ist da
Tief in unserem Innern

Dieses Gefühl

Gefühle - welche uns Schaudern lassen
Jedes Geräusch -
Jeder Windstoß -
Jede Kleinigkeit zerrt an unseren Nerven
Nerven - gleich dünnen Bindfäden
Wann reißen sie ab

Wann erfahren wir es -
      Erfahren was es ist
Es - das uns Schaudern läßt

Gewiß liegt etwas in der Luft
Dieses Gefühl -
ich kenne es

Fallen

Fallen
Tief - ganz tief
Umgeben vom grauen Schleier
Entflogen der Wirklichkeit

Fallen
Ewig - immer länger
Hineintauchen in die Schwärze
Zu Hause in Phantasia

Fallen
Wohin nur - ohne Halt
Immer weiter
Grenzenlos - in meine Welt

Einfach Fallen

Gedanken

Gefühle im Kopf
Pfifen - Dröhnen
Musik eines Stadions
Du schaust Dich um
-
Leere

Die Blume

Auf einer Wiese eine Blume
Sie strahlt voller Schönheit
Ist doch voller Trauer

Trauer - welche sie verbrennt

Auf See

Gedanken verloren
Weit draussen auf See
See der Gedanken
   - der sich glättet

Der Sturm vorrüber
Gefunden das neue Glück

Gedanken verloren
Weit draussen auf See
Gedanken an sie
Sie welche mir Gott zeigt
Gott und seinen Glauben
Den Glauben zur Liebe

Gedanken weit draussen
Verloren auf See
See der Liebe

Gedanken ans Glück
Weit draussen auf See

Straße der Liebe

Ich gehe diesen Pfad
Pfad der Liebe
Weg der Liebe
Weg der langsam zur Straße wird
Straße ausgefüllt mit Glück
                mit Freude
                mit Vertrauen

Straße der Liebe
Ich geh diesen Weg
Weg zum Irrgarten der Gefühle
Gefühl - das immer stärker wird
            - das immer mehr bindet
            - das mich gefangen hält

Gefühl der Liebe
Immer stärker werdend
Immer tiefer der Abgrund
Abgrund den wir nie erreichen
Abgrund am Ende der Straße

Straße der Liebe

Definition

Mich beschäftigt die Frage nach der Liebe
Liebe - was bist du
Greifbar nah - mir so fern
Noch immer fehlt eine Definition
Definition des Wortes LIEBE

Berauschend - fesselnd
Was von alle dem
Beglückend - traumhaft
Was von alle dem
Trifft auf mich zu
Auf mich - der die Liebe sucht
Liebe - in der Welt der Herzlosigkeit
Herzlos auch ich -
Ich - der noch immer sucht

Mich beschäftigt die Frage nach der Liebe
Liebe - was bist du
Wer hat dich erfunden
Dich mir eingeredet - ohne Definition

Herzklopfen - nervosität
Was von alle dem
Bluthochdruck - Ratlosigkeit
Was von alle dem
Trifft auf dich zu
Dich - die Liebe

Liebe welche ich noch immer suche
Liebe - was bist du

Erkenntnis

Beschreib mir die Liebe
So zeig ich dir Gott
Beides einer Überzeugung würdig
Denn wer an Gott zweifelt
Zweifelt an der Liebe
Beschreib mir Gott
So zeig ich Dir die Liebe
Beides eine Sache des Glaubens
Denn wer Gott erkennt
Erkennt die Liebe

Der Turm

Als kleiner Junge sah ich ihn
Ihn - in meinen Träumen
Einsam stand er da
Einsam - im goldenen Kornfeld
Lachend rief er mich
Mich - in seinem Inneren einzukehren
Wiederstehen der Verlockung
Wiederstehen dem Sog des Bösen

Als kleiner Junge sah ich ihn
Ihn - im goldenen Kornfeld
Dunkel hebt er sich ab
Dunkel vom roten Horizont
Schwarz seine Ausstrahlung
Ausstrahlung welche mich Schaudern läßt
Symbol des Grauens
Symbol des unsagbaren Bösen

Ich sah ihn
Ihn - dem Spiegelbild meiner Seele
Schatten meiner Selbst
Schatten - der mich irre führt
Seine Aura - Böse
Böse der Gedanken an ihn
Geschichten ringen um ihn
Geschichten die man sich erzählt

Ich sah ihn
Ihn - der mich irre führt
Schaurig seine Silhouette
Schaurig sein Standfestigkeit
In seiner Mitte ich
Ich ein kleiner Junge
78 Bedeutungslos in meiner Größe
Bedeutungslos gegenüber ihm

So steh ich hier
Hier - in seinem Innern
Verfallen seiner Verlockung
Verfallen dem Sog des Bösen
Widerstandslos ihm ergeben

Ergeben dem Turm
Dem Turm - mein Leben
Dem Turm der mich verfolgte

Schon als kleiner Junge sah ich ihn
Ihn - in meinen Träumen
Verlockend schön
Verlockend schaurig

Heute hält er mich gefangen
Gefangen in seiner Kälte
Tief in seinem Innern
Innern - gleich einem Labyrinth
Tausende von Wegen
Tausende von Schrecken
Läßt er mich jemals Frei
Frei - mein eigenes Leben leben

Der Turm in dessen Schatten ich aufwuchs
Der Turm - läßt er mich gehen

Schon als kleiner Junge sah ich ihn
Ihn den Turm
Turm - der mich gefangen hält

Klein sein

Ich freue mich ein Kind zu sein
Zu leben ohne Sorgen
Ich freue mich ein Kind zu sein
Zu denken nicht an morgen
Ich freue mich ein Kind zu sein
Zu Haus bin ich geborgen

Ich freue mich so -
So ein Kind zu sein denn
Denn seh ich die Realität

Erwachsen sein ist schwer
Zu leben mit all den Sorgen
Erwachsen sein ist schwer
Zu denken was ist morgen
Erwachsen sein ist schwer
Zu Hause fühlt ihr euch geborgen
Erwachsen sein ist schwer

So schwer

Doch wann - wann werde ich Erwachsen

Ja ja das Kind sein . Irgendwie begleitet es mich .
Entweder in meinen Träumen oder ich bin es dann
wirklich mal . Finde es schön , daß ich es immer wieder
mal schaffe Kind zu sein . Doch merke ich daß mir dies
immer schwieriger fällt , leider -!
Ich hoffe und wünsche mir , daß ich es nicht ganz
verliere . Beziehungsweise ich es nicht ganz verlerne
Kind zu sein . Wie grau würde mir dann erst alles
vorkommen . Wie düster wären dann meine
Gedanken - ?
Kinder haben eine eigene neugierde , Offenheit für alles
Neue . Hegen keine Scheu gegen das Fremde . Sie
sehen die Welt einfach mit anderen Augen . Ganz ohne
Vorurteile . Wie oft ertappe ich mich dabei , daß ich
etwas ablehne ohne es zu kennen . Kinder sind da
oftmals anderst .
Deswegen freu ich mich , wenn meine Gedanken sich
dem Kind sein zuwenden , ich wieder Kind sein darf .
Das zeigt mir dann , daß ich es noch kann , ich es noch
nicht verlernt habe . Dies ist dann ein schönes
Gefühl .
Nun sind wir schon im Jahr 1992 angekommen . Wie
schnell doch die Zeit vergeht . In letzter Zeit kommt es
mir vor , als würde sie verfliegen . Wie wenn die Tage ,
Wochen und Monate kürzer wären .
Das Schlimme daran , die schöne Zeit vergeht dabei
noch viel schneller . Da werden Stunden zu Sekunden .
Befällt einen jedoch Kummer und Leid , so kommt es
einem vor , wie wenn Sekunden zu Stunden werden .
Wäre doch schön wenn es mal anderst herrum wäre .
Naja leider oder vielleicht aber auch zum Glück liegt
das nicht in unsere Händen . Wer weiss wo das Enden
würde , könnten wir auch noch die Zeit beeinflussen .
Obwohl , in Gedanken schaffen wir es . Drum
kommen sie mit mir wieder in das Jahr 1992
und begleiten sie mich weiter ein Stück des Weges .

Sonnenaufgang

Schweigend steh ich am See
Genieß die Stille von Mutter Natur
Wie friedlich doch alles scheint
Sanftes Plätschern an meine Ohren dringt
Lieblicher Vogelgesang den neuen Tag verkünden
Alles so friedlich - unbekümmert
Ein neuer Tag erwacht

Erste Sonnenstrahlen streicheln den Horizont
Eine Sehnsucht erwacht
Sehnsucht nach Zärtlichkeit
Zärtlichkeit in einer kalten Welt
Hier alles so friedlich
Hier in meinen Träumen

Ja es gibt ihn
Ihn den Bilderbuchsonnenaufgang
Aber nur in meinen Träumen
- zwitschern Vögeln
- plätschert die See

Zu kalt die Welt für solche Szenen
Sie gefrieren ein
Gefrieren wie Wasser bei 0°C
Dies der Lohn unseres tuns
unserer Sturheit
Rücksichtslosigkeit
Eine kalte verfrorene Welt
Ohne Hoffnung auf Rettung
Zu kalt die Haut die uns umgibt
Für ein Auftauen zu spät

So träum ich weiter den Traum
Traum vom Bilderbuchsonnenaufgang

Ein Tag

Tränen stehen in den Augen
Ohnmacht plagt uns
Trauer verbrennt uns
Ein Inferno der Gefühle

Fern die Gefühle
Glück - Freude - Liebe
Ausgewandert in die Fremde

Einsam - verlassen

Eindrücke eines Tages
Eines einzigen Tages
Keine Woche - kein Monat

Ein Tag

Wie mag das Leben sein

Bäume

Lausche -
Hörst du den Wind
Wind wie er spielt
Spielt mit den Blättern der Bäume

Bäume welche wir pflanzten
Sie sollten unser Leben sein
Immer zueinander stehen
Sei es auch noch so stürmisch
Sie überlebten unser Leben
Wie ich sie beneide
Beneide um ihre Stärke
- ihre Treue

Treue - welche wir uns schworen
Stärke welche uns verließ
Ist es schon zu spät
Unser Boden schon verdürrt
Ausgetrocknet wie Wüstensand

Warten auf den nächsten Regenguß
- Auf Nahrung für unsere Liebe
Regen - welcher uns mit Leben erfüllt
Leben und Liebe

Liebe welche wir uns schworen
Verkörpert in den Bäumen die wir pflanzten

Lausche hörst du den Wind
Wind wie er spielt
Spielt mit unseren Bäumen
Bäume die sagen

Ich Liebe Dich

KinderNeid

Für wahr es ist ein Kompliment
Zu sagen mir ich sei ein Kind
Auch möcht ich dieses nicht bestreiten
Denn sie mich alle darum beneiden

Wer lebt schon ohne Sorgen
Zu denken nicht an Morgen
Für wahr dies muß ein Kinde sein
Das glücklich lebt mit Mutti daheim

Zu sorgen braucht sich Mutti nur
Es will erleben das Leben pur
Wenn es auch ab und an schwierig ist
Ein Lächeln ist doch stets gewiß
Für wahr dies muß ein Kinde sein
Das lebt in einem glücklichen Heim

Erwachsen werden will es nicht
Auch nicht übernehmen Erwachsenen Pflicht
Zu unbekümmert ist es dafür
Trinkt es doch lieber noch ein Bier

Auf dem Sportplatz tobt das Kind sich aus
Er ist fast wie sein zweites zu Haus
Der Mutter wird es des Sports zuviel
Sagen tut sie es dem Kinde nie

Kind sein möcht ich nicht missen
Würd ich doch all meine Träume vermissen
Für wahr das muß ein Kinde sein
Das lebt im Traum mit einem Bein

Bis es vielleicht Erwacht irgendwann
Was - was ist dann - ...

Verlorene Zeit

Im Rausch der Liebe zieht sie dahin
Ohne zu fragen nach ihrem Sinn
Die Zeit so sinnlos vertan
Was liegt dir oder mir daran

Für wahr viel schönes hat sie uns beschert
So wie ein Fluß ohne wiederkehr
Im Rausch der Sinne mittendrin
Ist dies alles des Lebens Sinn

Was verbirgt sich hinter all den Tagen
Deren Beschreitung wir noch wagen
Wenn ich es heute nur schon wüsste
Ich Dir vielleicht einen Antrag machen müsste

So laß uns gedenken der verlorenen Zeit
Und für die neuen Jahre sei bereit
Ein langer Weg liegt uns bevor
Vielleicht bis einer tritt vors Himmelstor

Was denk ich heute schon an morgen
Hab ich nicht heute genügend Sorgen
Denken möcht ich nicht daran
Denn es ändert sich irgendwann

So genieße ich all die Tage
Werde weiter aufs Eis mich wagen
Und Gedenke dabei
All der verlorenen Zeit

Der Brief

Ich halte ihn in meiner Hand
Freue mich und wieg ihn sanft
Schon an der Schrift erkenne ich
Daß dieser Brief von dir an mich

Beginn ich nun noch mit dem Lesen
Erfahre ich was gestern alles war gewesen
All die freude wandelt sich in Schmerz
All die Worte greifen an mein Herz

So setz ich mich jetzt erstmal hin
Die Hand muß stützen den Kopf das Kinn
Die Worte haben richtig gesessen
Taucht vieles auf das da war vergessen

Es wird gezweifelt an meiner Liebe
Solch Worte sind für mich wie Hiebe
Verstört sitz ich am Küchentisch
Und denk was soll ich mit diesem Wisch

Gern würd ich ihn zerreissen
Ihn dir geben zum verspeissen
Doch brauch ich ihn als Vorlage
Für die Antwort am kommende Tage

Auch diese erscheint in einem Brief
Der Haussegen danach vielleicht etwas weniger schief
So wünsch ich dir viel spass beim lesen
Und denk drüber nach über das was gewesen

Sie

Wie soll ich sie beschreiben
Sie - die über mich herfällt
Meinen Seelenzustand derart verändert

Kann ich sie beschreiben
Sie - die mich an einen Aal erinnert
Immer gegenwärtig - doch nie greifbar
Zu schlüpfrig - zu glatt

Ich fühle ihr dasein - ihre Angriffslust
Kann - will ich mich retten
Ich laß mich in ihre Arme fallen
Ihr betörender Duft steig auf
Wieder hat sie von mir Besitz genommen

Erstürmt meine innere Natur
Verwüstet all die Gefühle
In mir tobt ein Orkan
Schluchten reißen auf
All das weil sie kommt
Sie - die schlechte Laune
Sie - die mich zum Nachdenken bringt
Sie - die sich Durchsetzen muß

Ihr ist es egal was ich fühle
Wichtig ist nur das Chaos
Chaos - das bleibt wenn sie geht

Sie - die schlechte Laune

Immer gegenwärtig - nie greifbar
Manchmal nur Besitz ergreifend

Muß ich mich fürchten
    - ich sie meiden
Verfall ich ihr immer öfters

Ich spüre ihr dasein
Noch ist es nur ein Gefühl

Morgen -
Morgen ist es soweit

Wann ergreift sie wieder Besitz
    - fällt sie wieder über mich her

Immer gegenwärtig - nie greifbar
Sie kommt
Sie - die schlechte Laune

Nur wann -
Wann kommt der Sturm

Was ist bloß los

Weisst du wo du langgehst
Was hinter der nächsten Ecke steht
Traust du dich bei ´Nacht noch auf die Strasse
Oder durch die leergefegte Gasse

Was ist bloß los - hier in unserem Land
Was ist bloß los - keiner reicht dir mehr die Hand

Weisst du wer dein Freund ist
Wer dich verkauft an nen Polizist
Traust du deinem Nachbar
Oder dem gegenüber an der Bar

Was ist bloß los - hier in unserem Land
Was ist bloß los - keiner reicht dir mehr die Hand

In der Zeitung les ich täglich
Nazis sind unmöglich
Dann morgens in den Nachrichten
Seh ich sie berichten
Schon wieder brennt ein Asylantenheim
Wieder waren zwei daheim
Wann wollt ihr kapieren
Wieviel müssen noch krepieren

Was ist bloß los - hier in unserem Land
Was ist bloß los - keiner reicht dir mehr die Hand

Ach bitte reich mir deine Hand
Laß uns fliehen aus diesem Land
Hier herscht nur noch Brutalität
Nicht wie es sein soll Solidarität

Was ist bloß los - hier in unserem Land
Was ist bloß los - keiner reicht dir mehr die Hand

Nur der Tod

Wieder lernte ich ihn kennen
Wieder eine sonderbare Regung in mir
Faszination - Schuldigkeit

Es geht mir nahe ihn zu sehen
Es ist so bedrückend das Schweigen
Schweigen - Seelenwanderung

Hilflos neben ihm zu stehen
Hilflos der Erlösung entgegen
Leiden - Glückseligkeit

Verwandschaft sie ist nahe
Verwandschaft zwischen dem Tod und dem Leben
Gestorben - Auferstehung

Er - der Tod verfolgte mich all die Zeit
Er - war es nicht das Leben
Trauer - Freude

Welch verwirrende Gefühle
Welch unbeschreibliche Gefühle
Schmerz - Hoffnung

Jedesmal ist es etwas neues
Jedesmal was neues und doch das Gleiche
Tod - Wiedergeburt

Es ist nur der Tod
Er ist nur der Anfang von neuem Leben

Kreuzigung

Heute wird er gekreuzigt
Nach einem langen Marsch gekreuzigt
Für uns - für euch
Für alle die es nicht glauben
Er ist Gottes Sohn
Er sein Fleisch und Blut
Gekommen um zu predigen
Für uns - für euch
Für all die Sünder
Er ist der Mesias
Er genannt Jesus
Heute muß er leiden
Am Kreuze muß er leiden
Für uns - für euch
Für all unsere Sünden
Was mag er denken
Kann er noch denken
Und führe mich nicht in Versuchung
Zweifelt er an seinem Glauben
Hört er auf an Gott seinem Vater zu glauben
Stille - schwarze Wolken ziehen auf
Was ist in ihm
Stille - auch in ihm
Für uns - für euch
Für alle die es nicht glauben
Er ist Gottes Sohn
Er hält fest an seinen Vater
Am Kreuze er stirbt
Dem Symbol das niemals stirbt
Dem Symbol für Hoffnung
Für uns - für euch
Für all die Hoffenden
Gekreuzig

Entführte Braut

Sie schwebt durch den Saal
Geführt von ihrem Gemahl
Noch immer kann sie es nicht fassen
Muß den Ring immer wieder anfassen

Tanzen muß sie nun mit anderen Herren
Einer wird sie aus dem geschehen zerren
Hinaus hinaus zur freien Natur
Dorthin führt ihre Spur

Noch lange wird der Gemahl dort suchen
Ward sie gefangen zwischen ein paar Buchen
Er sieht sie nicht - er sieht sie nicht
Doch fällt auf sie das Licht

Sehen müsste er mit seinem Herzen
Nicht mit all seinen Schmerzen
So kniet er nieder
Bei einer alten Kiefer

Versinkt er in stilles Schweigen
Zu schauen tief in sein eigen
Zu entdecken tief in seinem Herzen
Vergessen sind nun all die Schmerzen

Blicket auf zum Buchenhain
Erblickt nun dort sein Weiblein
Sie Stolz auf seine Liebe ist
Er nie mehr das Herz vergißt

So eine Hochzeit ist doch einfach etwas wunderbares. Wenn es dann auch noch von solcher dauer ist wie in diesem Falle , dann nochmal so schön . Der Haken , man weiß es vorher nicht . Man treibt oder segelt in den Hafen Ehe hinein , ohne zu wissen was einen dort erwartet . Gut wenn es dann Liebe ist ...

Liebe was bist du . Ach wie oft beschäftige ich mit diesem Mythos der Liebe . Noch immer habe ich keine Antwort gefunden . Noch immer bin ich auf der Suche . Suche nach der Antwort , nicht nach der Liebe selbst . Denn die glaub ich mal wieder gefunden zu haben .

Glaub ich - wie ich es schon so oft tat . Es gibt keine Garantie , zumindest nicht bei der Liebe - ... Darum freut es mich , daß gerade dieses jene Paar noch immer glücklich zusammen ist . Freude und ein wenig Neid der mich da befällt . Obwohl ich doch auch so ein schönes Leben führe . Den Hafen der Ehe hinter mir lassend eroberte ich die Welt .

Doch ist dies eine andere Geschichte , welche sich viel später ereignen sollte und somit wohl nicht mehr hier hineinpassen wird . Hier ins Jahr 1993 , wo wir uns derzeit befinden .

Das Rad der Welt dreht sich weiter , unaufhörlich . Tag um Tag . Jeden Tag eine neue Überraschung ein neuer Gedanke . Nein , keine Angst mich überfallen keine 365 Gedanken im Jahr welche ich zu Papier bringe , da wäre ich ja nur am schreiben - grins . Und doch ist dies nur , sagen wir eine kleine Auswahl meiner schriftlichen Gedanken .

Kommen sie mit und schauen sie , was ich weiter für sie ausgesucht habe .

Diese Träume

Schon wieder dieser Traum
Ich - ein Vogel
Hoch oben - über ölverseuchter Küste
Nirgendwo ein Fleckchen zum Ausruhen
Flügelschlag bis zur Erschöpfung

Schon wieder dieser Traum
Ich - ein Kind
Von jedem als Erwachsener angesehen
Nirgendwo ein Fleckchen zum Spielen
Ernsthaftigkeit bis zum Schluß

Soviele Träume - soviele Ängste
Angst - welche wir Nachts durchleben

Schon wieder dieser Traum
Ich - ein Schwimmer
Im Fluß der rasenden Gesellschaft
Stetig kraul ich gegen den Strom
Stetig treib ich dem Abgrund näher
Bis ich ein Gefangener der Masse bin

Nur ein Traum - Teil der Wirklichkeit
Vision der Zukunft

Bin ich schon erschöpft
Ernsthaft
Oder schon Gefangener

Schon wieder dieser Traum

Das Buch

Mein Leben ein Traum
Alptraum -
Ich bin zufrieden - ja sogar glücklich
Doch was ist glücklich

Mein Leben ein Spiel
Schach
Es geht weiter Zug um Zug
Bis zur Aufgabe
Doch möcht ich aufgeben

Mein Leben eine Liebelei
Ehe
Ich bin verliebt
Nur was ist die Liebe

Mein Leben ein Buch
Gelesen -
Seite für Seite überflogen
Verstaubt es nun auf einem Regal
Ist das das Leben

Bin ich König in einem Alptraum
Der im Buch auf Seite 333 stirbt
Stirbt an gebrochenem Herzen

Mein Leben - soviel hängt zusammen
Glück und Leid
Haß und Liebe

Mein Leben womit endest du

Ein Brief

Ihn schreiben - in Gedanken
Darin Bitten um Verzeihnug
Mit einer später Einsicht

In Gedanken lesen
Seite für Seite
Zeile für Zeile
Mal ein bisschen bissig
Mal zahm wie ein Lamm

Unterhaltung mitten aus dem Leben
Nichts ist gelogen - alles wahr
Zeile für Zeile
Wort für Wort
So schreib ich ihn -
In Gedanken auf ein Blatt Papier

So leicht fasst sich der Schmerz in Worte
So leicht fallen mir dann die Worte
Wort für Wort
Buchstabe an Buchstabe
Mit einem Fuß immer in der Erinnerung
Auf der Suche nach neuen Wegen
Vertieft in Gedanken an ihn
Ihn geschrieben in der grauen Masse

Wort für Wort
Zeile für Zeile
Mit großen Schritten dem Ende entgegen
Zeile für Zeile
Seite für Seite
All dies lesbar in Gedanken
Die späte Einsicht
Die Bitte um Verzeihung
In Gedanken ihn zu schreiben

Regenbogen

Regen zieht übers Land
Am Himmel ein dichtes Wolkenband
Jedoch am fernen Horizont
Langsam schon die Sonne kommt

So schauen wir dem Schauspiel zu
Die Kraft der Sonne nimmt immer mehr zu
Stetig prasselt der Regen nieder
Auch einen Regenbogen sieht man hin und wieder

Je nachdem wie die Sonne durchbricht
Sich das Licht in dem steten Regen bricht
So schillert er in allen Farben
Schließt bei uns so manche Narben

Waren wir bis eben deprimiert
So sind wir nun fasziniert
Faszination hält uns gefangen
Bei manchen glühen sogar die Wangen

Es erleuchten Farben die wir nicht kennen
Beginnen wir sie nun zu benennen
Ein Rot das röter als die Feuerglut
Jedoch heller erscheint als unser Blut

Das Gelb strahlt stark und doch so fein
Geblendet wer zu lang schaut hinein
An Flieder erinnert mich das Blau - oder ist es viole
Auf jedenfall erscheint es mir lieblich und nett

So verlier ich mich im Farbenmeer
Wie es ständig wandert hin und her
Mal scheint ihn die Kraft zu verlassen
Die Farben - sie dann immer mehr verblassen

In weiter Ferne dann ein Blitz
Die Erde bebt auf der ich sitz
Ein greller Strahl - ich schließ meine Augen
Als ich sie öffne kann ich es kaum glauben

Ein zweiter Rgenbogen steht über mir
Verbindet sich mit dem der vorher war hier
Sie tauchen ineinander ein - wer es nicht gesehn
Der kann es bestimmt nicht verstehen

Den Anblick möcht ich nie vergessen
Fühl mich von ihm wie besessen
Nun mache ich die Augen zu
Ringsherum herscht Stille und Ruh

Die Hitze läßt nach es wird kühl
Ich öffne die Augen es wird mir zuviel
Mein verstörter Blick nach dem Himmel stiert
Ein schwacher bunter Streifen den Horizont noch ziert

Vorbei der Traum - oder war es echt
Ich kann mir nicht helfen - weiß es nicht so recht
Ich weiß nur es war schön
Aber auch ein Regenbogen muß mal vergehn

Der Vulkan

Schau hinein -
In des Kraters Schlund
Schau hinein
In deiner Seelen Wund
Schau hinein -
Sieh die kalte Haut
Sieh wie es mir davor graut

Zu dünn mir diese Haut erscheint
Zu tragisch wird das Unglück sein
Denn reißt die Haut erstmal entzwei
Dann ist es mit dem ganzen Glück vorbei
Wenn all die Glut nach oben schießt
Die Wut aus Deiner Wunde sprießt

Schau hinein -
Es öffnet sich des Kraters Schlund
Schau hinein -
Es öffnet sich der Seelen Wund

Die heiße Masse strömt empor
Das Schlimmste steht uns noch bevor
Der lang gestaute Druck muß weichen
Hier und da sieht man die ersten Zeichen

Dampfwolken jetzt nach oben steigen
Sich bei dir als rote Bäckchen zeigen
Er kurz nur vor dem Ausbruch steht
In deinem Innern nun alles bebt

Schau hinein -
In das rote Auge der Explosion
Schau hinein -
In deine innere Vision

Vereint du mit dem Krater bist
Vereinter Ausbruch ist gewiß
Was euch zuviel das spukt ihr aus
Könnt es nicht halten - es muß raus
All dies schlimme Folgen hat
Zerstört eine Stadt - eine Partnerschaft

Schau hinein -
In des Kraters offenen Schlund
Schau hinein -
In deiner Seelen Wund

Warte nicht bis der Ausbruch droht
Bis deine Wangen sich färben rot
Laß sich nicht alles aufstauen
Tu zwischendurch mal Druck abbauen

Lern einfach mal zufrieden zu sein
Dann wird der Krater nur ein Krater sein

EnGe

Endlos
Weite tiefe Schwärze
Immer weiter
Immer tiefer gleite ich hinein

Du willst zurück
Zurück zur Sonne
        zum Leben

Endlos
Gefangen

Sie läßt dich nicht los
Immer klebriger
Immer enger wird ihr Netz
Du willst Dich befreien
Befreien aus ihrer Umklammerung
um zu Leben

Endlos
Gefangen

Angst
Nasser kalter Schweiß
Immer öfters
Immer länger diese Ausbrüche

Endlich mal wieder fühlen
Fühlen was die Sonne ist
was es heißt zu leben
Endlich wieder Leben

Leben -

Vorreiter

Lausche
Hörst du es - fühlst du es
Nein

Diese Stille - so bedrückend
- so beunruhigend
Kein Vogel - kein Windhauch
Nur diese Stille

Stille - in der man eine Stecknadel fallen hört
Du fühlst - hörst das Hämmern deines Herzens
Schön gleichmäßig wie das Laufwerk einer Uhr

Stille so ungewöhnlich Still
- so daß man nicht schlafen kann
Man lauscht um was zu hören
Hören - irgendwas

Man glaubt Taub zu sein
Nur ein Kratzen
- säuseln des Windes
- oder Vogelgezwitscher
Da ist nichts

Es herscht nur diese Stille
Vorreiter von etwas besonderem
Gut - Böse
Das - das weiß diese Stille

Nur diese Stille

Eine einzelne Träne

Eine einzelne Träne rollt deine Wangen hinab
Eine Träne von unterdrückter Trauer
       - welche soviel Gefühl in sich birgt
Sie hängt an deinem Kinn - die Träne
Sie beginnt ihren Kampf mit der Schwerkraft
Kampf ist es auch was in dir tobt
Kampf - viele Wunden werden aufgerissen
Alte - Neue
Muß dies sein
Ist es das Wert

Wieviele Gesichter hat der Tod
Eine einzelne Träne - bereit zum letzten Fall
Ihr Weg ist vorgegeben
Deiner -
Dein Kampf dauert an
Die Wunden reissen immer weiter auf
Alte - Neue

Wieviele Gesichter hat der Tod
        - das Leben
Jung - Alt
Kommen und gehen
Gibt es einen Sieger
Eine einzelne Träne fällt zu Boden
Beendet ihr gefühlvolles dasein
Ihr Weg ist Geschichte
Irgendwann wird man sich an sie erinnern
Du - weißt du noch die einzelne Träne -

Was ist mit Dir - Deinem Kampf
Deiner Geschichte
Wird man sie sich je erzählen können
Jung - Alt
Kommen und gehen

Der Stolz

Stolz -
Auf das was da kommt
        - was da geht
Geht in die Zukunft
Zukunft welche uns fremd
Fremd und doch so vertraut

Stolz -
Auf die - die wir lieben
            - die uns hassen
Hassen um Liebe zu erfahren
Erfahren was ein Miteinander ist
Miteinander und nicht allein
Erfüllt von Eitelkeit
        - von Neid
Neid auf das was wir haben
                - was wir geben

Stolz -
Tief in uns
Schlummernd - bis er verletzt ist

Stolz -
Auf das was da kommt
    - die wir lieben
    - die Neidischen

Diesen Traum

Hast du auch diesen Traum
Ich sehe ihn
Ihn - tief in deinen Augen
Augen - sie verraten so vieles
- sind das Spiegelbild unserer Seele

Dieser Traum wird er wahr
Ich spüre ihn
Ihn wie er immer öfters nach mir greift
Greift - lockt in seine Welt zu kommen
Will ich nur noch im Traum leben

Im Traum mit Dir
Die Verführung ist da
Hast du auch diesen Traum
Du mit mir
Sorgenfrei - glücklich

Komm laß uns träumen
Uns in Armen liegen
Es wäre so schön
Es ist so schön - im Traum

Hast du auch diesen Traum
Ich sehe ihn
Ihn - in deinen Augen

Komm laß uns träumen
- laß uns zu ihm gehen

Ihm - dem Traum

Nun meine liebe Leser ist es so gut wie geschafft .
Ich hoffe sie hatten etwas Spaß beim lesen . Ich
hatte auf jedenfall eine Menge davon beim schreiben
Auch wenn das ein oder andere Düster oder eher
was zum Nachdenken ist , macht es doch immer
wieder spaß meine Gedanken auf Papier zu bannen .
So schleppe ich meinen Rucksack , gefüllt mit all
diesen und vielen anderen Gedanken mehr , stets mit
mir herum . Nein , er ist wahrlich keine Last . Im
Gegenteil ist es doch immer wieder schön zurück zu
gehn in der Zeit .
Es ist auch schön , daß sie mich ein Stück meines
Weges begleitet haben , oder besser gesagt daß sie
mir geholfen haben meine Gedanken neu zu ordnen .
Dafür gebührt ihnen liebe Leser meinen Dank -

Danke sehr

Auf der nächsten Seite finden sie dann noch ein
Gedanke , der dann tatsächlich aus dem Jahre 1995
stammt . Er gehört wohl eindeutig zu der Katgorie
des darüber Nachdenkens . Viel mehr möcht ich zu
dem letzten Stück auch gar nicht mehr schreiben .
Lesen sie selbst …

Im Anschluß daran finden sie ein paar leere Seiten .
Setzen sie sich doch einfach mal hin und lassen ihren
Gedanken freien Lauf . Nehmen sie sich einen Stift
und schreiben einfach drauf los . Sie werden
überrascht sein , was da alles strömen kann wenn
man es läßt - …

Versuchen sie es einfach mal , was kann
schon passieren ? Nichts , ausser daß es schreibt .

Füllender See

Blutende Kreuze
Gedanken den Verstorbenen
Sinnlos hingerichtet

Tränen vereinigen sich
Sich füllender See
Ihre Wassermassen überfluten uns

Trauer und Schmerz breiten sich aus
Niemand hier reagiert
Alle schauen zu
Endloses Leid
Blutende Kreuze